UN BLESSÉ

Lettre remise au Roi le 17 Février 1831.

Est le meilleur ami du Roi celui
qui lui dit le mieux la vérité.

A PARIS,

DELAUNAY, LIBRAIRE AU PALAIS-ROYAL.

1831.

PARIS, IMPRIMERIE DE GAULTIER-LAGUIONIE,
RUE DE GRENELLE-SAINT-HONORÉ, N° 55.

AU ROI.

Est le meilleur ami du Roi celui
qui lui dit le mieux la vérité.

SIRE,

La révolution de juillet crut avoir à jamais renversé tout ce que nos institutions avaient de contraire à nos libertés et tout ce qui pouvait offenser la dignité de citoyen.

Elle était loin de croire qu'on ramasserait les débris ensanglantés de la couronne pour les replacer sur la tête d'un autre roi.

Était-ce bien en effet un roi que voulait la France ? Débarrassé d'un pouvoir sans probité, le peuple voulait une constitution franche ; ses longues souffrances, les sacrifices qu'il venait de faire, lui donnaient le droit de l'exiger.

Si dans cette circonstance toute favorable il n'a rien obtenu, c'est que les hommes qui sont venus d'eux-mêmes et sans mandats se placer à la tête des affaires ont tout à coup menti à leur conscience; ils ont parlé de nécessité... un roi fut résolu.

Mais l'opinion publique n'en demeura pas moins la même : c'est la liberté sans restrictions jésuitiques que le peuple voulait et attendait; lui du moins l'avait payée de son sang !

Cependant en face des événemens auxquels la mauvaise foi et l'impéritie du gouvernement déchu donnaient certaine apparence de danger, l'avènement au trône de Philippe rallia franchement la nation autour de lui. Ses antécédens, le serment solennel qu'il prêta avec tant d'enthousiasme à la Charte modifiée, lui gagnèrent tous les cœurs. D'Orléans sembla un instant s'être élevé plus haut que la royauté, on put le prendre pour le premier citoyen d'un état libre.

Malgré tout, l'horizon se rembrunit au dehors. Bientôt, pour soutenir son ouvrage, l'on vit une milice citoyenne surgir comme par enchantement du sein de la capitale, et par son attitude imposante arrêter l'orage prêt à fondre sur la France.

Jusque-là tout est bien, tout est rassurant, l'avenir se montre, en dépit des bouderies de l'étranger, consolant et glorieux.... Aujourd'hui pourquoi faut-il voir autrement?

La chambre des députés, elle qui en nommant un roi venait de faire un acte si grand de vigueur et d'autorité qu'il a été vivement attaqué, se ravise soudain, et sans respect pour ses propres actes, sans pitié pour son caractère, elle répudie son mandat véritable, celui qu'elle avait conquis en juillet, et scinde, inutile, tue tout ce qui tient à des institutions libérales... Heureusement pour la France, le passé n'est plus à sa disposition.

Ce corps déhonté, composé presque en totalité de fonctionnaires aux larges traitemens, ou d'hommes aux grandes propriétés, craint aujourd'hui toute espèce de contact avec le peuple. C'est l'aristocratie de fortune qu'il veut perpétuer.

Si cette lutte engagée entre ce corps et les institutions à créer ne compromettait que quelques individus, on aurait tort de s'y arrêter. L'affligeant, c'est qu'elle influe sur les affaires, c'est que par ce fait la chambre désavoue la révolution de juillet, et que sa marche enfin, ne craignons pas de le dire, a interposé la défiance entre le roi et la nation.

Oui, aux accusations journellement portées contre les chambres se mêle sans cesse le nom du monarque, et la déconsidération est presque devenue solidaire.

Un ministère à la volonté ferme et aux intentions pures eût pu ramener la confiance, et par suite le bien du pays; celui même qui fut composé alors en inspira d'abord, on devait compter sur certaines réputations et certaines capacités. Loin de répondre à l'attente générale, il s'associa à presque toutes les hontes. Ce qui avait un caractère à conserver se retira; et si Guizot, le docte ministre, n'eût pas été obligé d'abandonner sa place, il y aurait eu déjà peut-être réaction.

Cette marche perfide, ou tout au moins versatile du gouvernement dut amener ses conséquences. L'étranger prit facilement le change sur notre position, il nous crut voisin de l'anarchie; les provinces elles-mêmes tremblèrent, et nos relations commerciales, tant à l'extérieur qu'à l'intérieur, s'affaiblirent de jour en jour. Au moment présent elles sont nulles, où désastreuses.

Depuis, négocians, spéculateurs, manufacturiers, marchands, etc., les classes enfin qui vivent de leur travail ou de leur industrie, souffrent, et souffrent sans pouvoir assigner un terme à leurs douleurs.

Ce malaise qui frappe à mort la classe la plus nombreuse de la société a nécessairement engendré bien des mécontentemens. On s'est rapproché, on s'est réuni. De là les clubs et les sociétés secrètes. Les uns et les autres veulent un changement de gouvernement.

Les uns veulent rigoureusement la république. Les autres la veulent, mais avec le roi Louis-Philippe, et c'est le plus grand nombre.

D'autres désirent Napoléon II. Il rattache à lui de si brillans souvenirs. Son parti compte des illustrations faites pour en inspirer.

D'autres enfin, et c'est le plus petit nombre, se bercent de l'espoir de ramener en France, sur les ruines des deux autres factions, le duc de Bordeaux et la régence.

Ces différentes réunions existent, et travaillent à atteindre leur but.

Le gouvernement penserait-il devoir en faire mépris ? ce serait une erreur grave.

Un gouvernement, tant qu'il a su se maintenir en considération, peut se rire des efforts partiels; mais quand il a perdu cette précieuse considération, les moindres tentatives lui portent de rudes atteintes, et sans qu'il s'en doute il marche chaque jour vers sa chute.

Croirait-il devoir tout braver, parce que la garde nationale a fait preuve de zèle et de dévoûment? l'issue de la petite semaine lui aurait-elle donné une confiance dans la force et même l'esprit de cette milice citoyenne? Voyons le mérite de ces deux croyances.

En décembre on jugeait les ministres de l'ex-roi. Il était question d'un assassinat projeté sur la personne des accusés dans la salle même des séances. Il était de la dignité nationale de prévenir un attentat pareil. La garde nationale interposa ses masses.

Mais il ne faut pas s'y méprendre; si cette garde civique déploya tant d'activité, c'est qu'on lui avait promis la tête d'un ministre, en réparation de tant de sang de versé.

Trompé, le peuple voulut se porter sur les chambres, et les forcer à se dissoudre. Mais ce peuple tant calomnié errait sans guide, sans chef, mu seulement par l'instinct d'une juste indignation; et si la garde nationale dissipa les attroupemens qu'elle rencontrait, c'est que ces attroupemens n'avaient aucun but dessiné. Il ne faut pas avoir peur de le dire, un seul homme entreprenant et courageux eût pu profiter de la garde nationale elle-même pour renverser les chambres.... car c'étaient là, ce sont encore ses désirs les plus sincères. La garde nationale veut les institutions jurées, et demande que la Charte soit une vérité..... l'est-elle ?

Ce que la garde nationale veut encore, c'est le commerce ; elle ne peut plus soutenir ses charges commerciales ni celles de ses familles ; et quand on est aux prises à la fois avec les intérêts les plus près et les affections les plus chères, on peut tout oser pour revenir à un état meilleur.

Encore une vérité, pour en finir sur la garde nationale, c'est que les opinions aujourd'hui ne sont plus unanimes. Dans ses rangs, comme dans ceux du peuple, il y a dissidence, et dans ce cas il serait par trop impolitique, par trop dangereux, de recourir à elle. Là on ne trouvera pas de séides, il faut du moins l'espérer.

Ainsi donc, suivant la marche des choses, on ne doit pas se reposer sur la garde nationale, dans les rangs de laquelle les républicains comptent de nombreux affiliés.

Peut-on s'appuyer avec plus de confiance sur

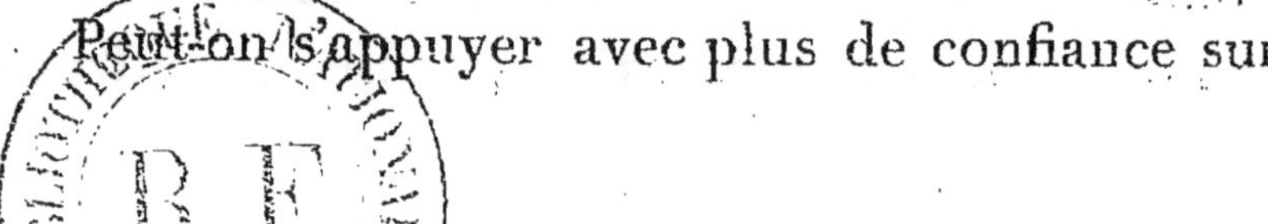

l'armée ? elle a besoin de campagnes pour retrouver sa force et sa dignité ; il lui faut un nouvel Austerlitz pour se retremper tout entière. Jusque-là c'est une ressource bien chanceuse.

Le gouvernement, dans sa position actuelle, ne peut en aucune façon compter sur les baïonnettes pour soutenir son système ; il ne peut retrouver sa force et sa popularité que dans une politique franche et vigoureuse, que dans la considération du pays, et en suivant les erremens indiqués par la révolution de juillet. Mais avant tout, nous ne saurions trop le répéter, il faut rattraper la considération perdue.

La question belge n'a pas peu contribué à déconsidérer le roi personnellement, puisque personnellement il a été mis en jeu. C'est une grande faute, tellement grande qu'elle sera difficile à réparer.

En l'état, et pour concilier tous les partis, il faut la réunion de la Belgique à la France, sans avoir égard aux chances de guerre.

La guerre d'ailleurs est un moyen sûr de consolider la dynastie d'Orléans ; elle ouvrira de nombreux débouchés à nos manufactures encombrées.

Elle éloignera des légions d'intrigans du foyer

des intrigues, elle aura encore l'avantage de re-
mettre bien des citoyens à leur véritable place,
et fournira à la grande nation l'occasion de re-
prendre son rang à la tête de la civilisation eu-
ropéenne.

Les bonnes intentions du roi et de son ministère sont bien connues, et pourtant il y a défiance
générale. Pourquoi?

Pourquoi!

C'est que le gouvernement, ainsi que nous
l'avons déjà dit, caresse les notabilités du pouvoir déchu, auxquelles il laisse des espérances.

C'est qu'il n'a pas compris encore que pour se
maintenir dans le mouvement de juillet, il faut
laisser les coteries et les intrigues des grands sa-
lons pour s'occuper davantage du peuple.

C'est qu'il eût fallu briser les chambres et se
débarrasser sans retour d'une aristocratie arro-
gante, et qui ne semble cramponnée au pouvoir
que pour donner un démenti à la révolution.

C'est qu'il eût fallu appeler aux emplois quelques uns de ces braves qui ont si héroïquement
versé leur sang, et ne pas toujours confier les
hautes magistratures à vos éternels avocats, et
les préfectures à de gentils rimailleurs où à des
journalistes aux dents acérées; c'est qu'enfin il

eût fallu prendre au dehors l'attitude qui conve-
nait à une nation telle que la France.

Les administrations sont encore pleines d'intrigans vendus à l'ancienne cour.... Ils tiennent
les hauts emplois, et leurs affiliés seuls sont ad-
mis. La faiblesse du gouvernement, qui n'ose les
atteindre, ou qui ne les frappe qu'en tremblant,
les encourage; bientôt ils lèveront le masque,
ils prêcheront la guerre civile.... que dis-je, ne
l'ont-ils pas déjà prêchée..... c'est leur élément.....
les harpies ne se nourrissent que d'excrémens.

Il faut... et il faut, à peine d'être amené par la
force à de grandes calamités, que le gouvernement tranche au vif, et qu'il montre de l'énergie;
il faut qu'il frappe de grands coups..... sinon
viendront les concessions.

Une concession faite.... on ne peut calculer où
l'on s'arrêtera.... Quand le pouvoir est réduit à
se défendre... il cesse bientôt d'être pouvoir....

Si décembre avait inspiré quelque confiance
au pouvoir, je ne parlerai pas de l'impression
que m'a laissée la campagne de février, elle a dû
être sentie et comprise plus haut.

Oui, les chambres une fois reconstituées, le
ministère pourra sans crainte aborder les vérita-
bles principes ; alors plus de clubs, plus d'enne-

mis secrets; le gouvernement, fort de sa conscience politique, marchera soutenu en tout et
pour tout par cette nation qui ne demande que
ce qu'elle a droit de demander, que ce qui lui a
été si solennellement juré... Il faut, à peine de
nouveaux malheurs, l'état actuel des choses le
rend imminemment nécessaire, il faut *que la
Charte soit une vérité.*

PROST,

*Ex-adjudant-major de la garde nationale
de la banlieue.*

A M. LE MINISTRE

DE L'INTÉRIEUR.

15 Janvier 1831.

Cinq mois se sont écoulés depuis notre glorieuse révolution. Ce temps n'a pas suffi pour amener le plus petit changement au système d'un gouvernement brisé parce qu'il fut aussi lâche que perfide.

Quatre mille blessés se traînent mutilés sur le pavé de Paris, privés d'existence. Autant de braves de juillet attendent encore que la mie de pain tombe de la table des riches.

Proscrits des emplois publics, au train dont vont les choses, ils seront trop heureux sans doute s'ils ne sont pas obligés de fuir une patrie pour laquelle ils ont si héroïquement versé leur sang.

Il est vrai qu'on affiche pour eux à tout moment grande considération. C'est aujourd'hui un leurre auquel ils ne peuvent plus se laisser prendre.

Je viens donc, monsieur le ministre, en ma qualité de blessé, vous prier de nous donner quelques explications franches.

Enfant de Valence, j'ai appris à connaître la loyauté et la générosité des de Montalivet. Je ne crains pas de vous le dire, plus de 500 blessés se reposent sur moi pour aller à leur tête, mais sans aucune intention hostile, sans aucune marque extérieure de provocation, demander à Sa Majesté le relevé de cette injuste proscription dont ils sont frappés.

Ils veulent encore réitérer au roi l'expression de leur dévoûment; mais ils veulent aussi que Sa Majesté sache que si on les a présentés comme remuans et dangereux, c'est là l'œuvre de la malveillance et de gens intéressés à tromper un monarque dont les loyales intentions sont connues.

Vous apprécierez, monsieur le ministre, le mérite de cette démarche, qui ne sera pas la seule.

Daignez donc utiliser votre haute position en faveur des hommes de juillet, et apporter à leurs souffrances un prompt soulagement, en les appelant, suivant leur mérite et leurs droits, aux emplois et faveurs du gouvernement.

Je suis avec respect,

MONSIEUR LE MINISTRE,

Votre très humble, etc.,

PROST,

Capitaine adjudant-major de la Garde nationale.

MONSIEUR,

Je m'empresse de répondre à la lettre que vous m'avez fait l'honneur de m'écrire, et par laquelle vous appelez mon attention sur les Blessés de Juillet.

Ils sont l'objet de ma constante sollicitude, et je saisirai avec empressement le moment où je pourrai dignement récompenser leurs services héroïques.

Je suis avec une considération distinguée

Votre très, etc.,

Signé MONTALIVET,